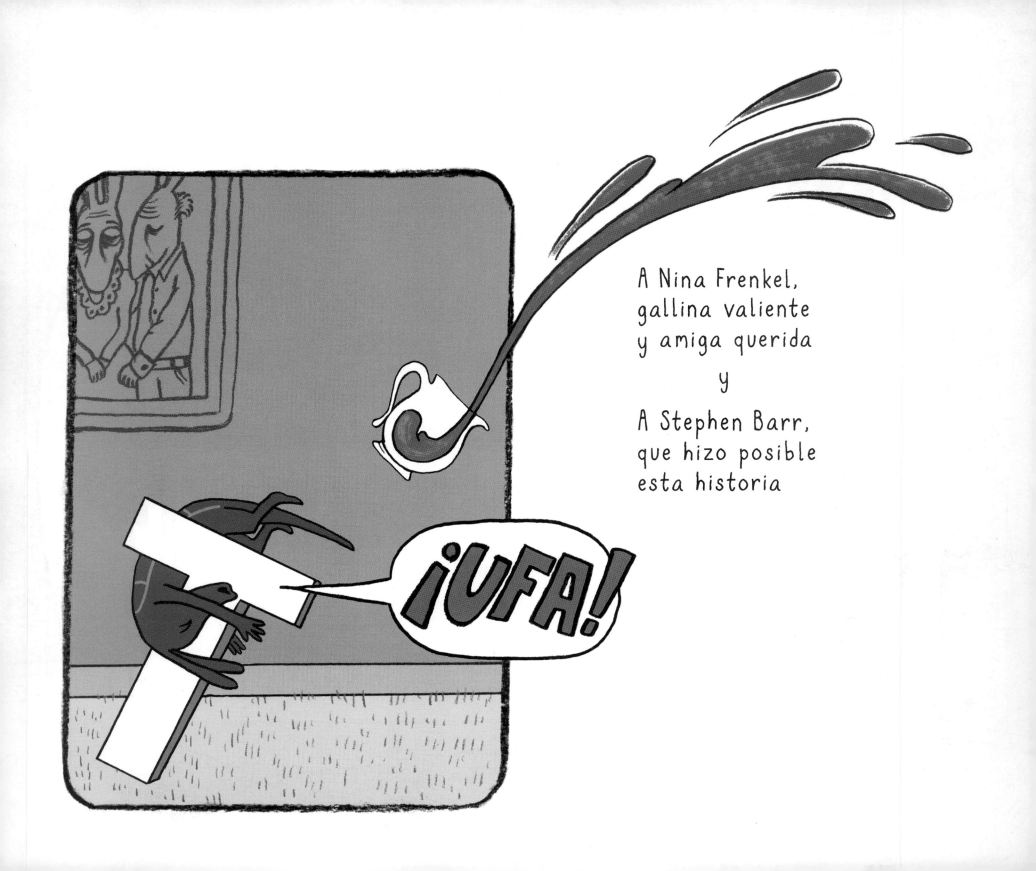

A Nina Frenkel,
gallina valiente
y amiga querida

y

A Stephen Barr,
que hizo posible
esta historia

"¡Me esconderé en la biblioteca! Allí tienen libros y baños."

"Y me quedaré ahí hasta que sea grande."

Así, Lola huyó de su desorden y fue derecho hacia el de los demás.

Entonces Lola dejó el desorden de los demás y volvió al suyo.

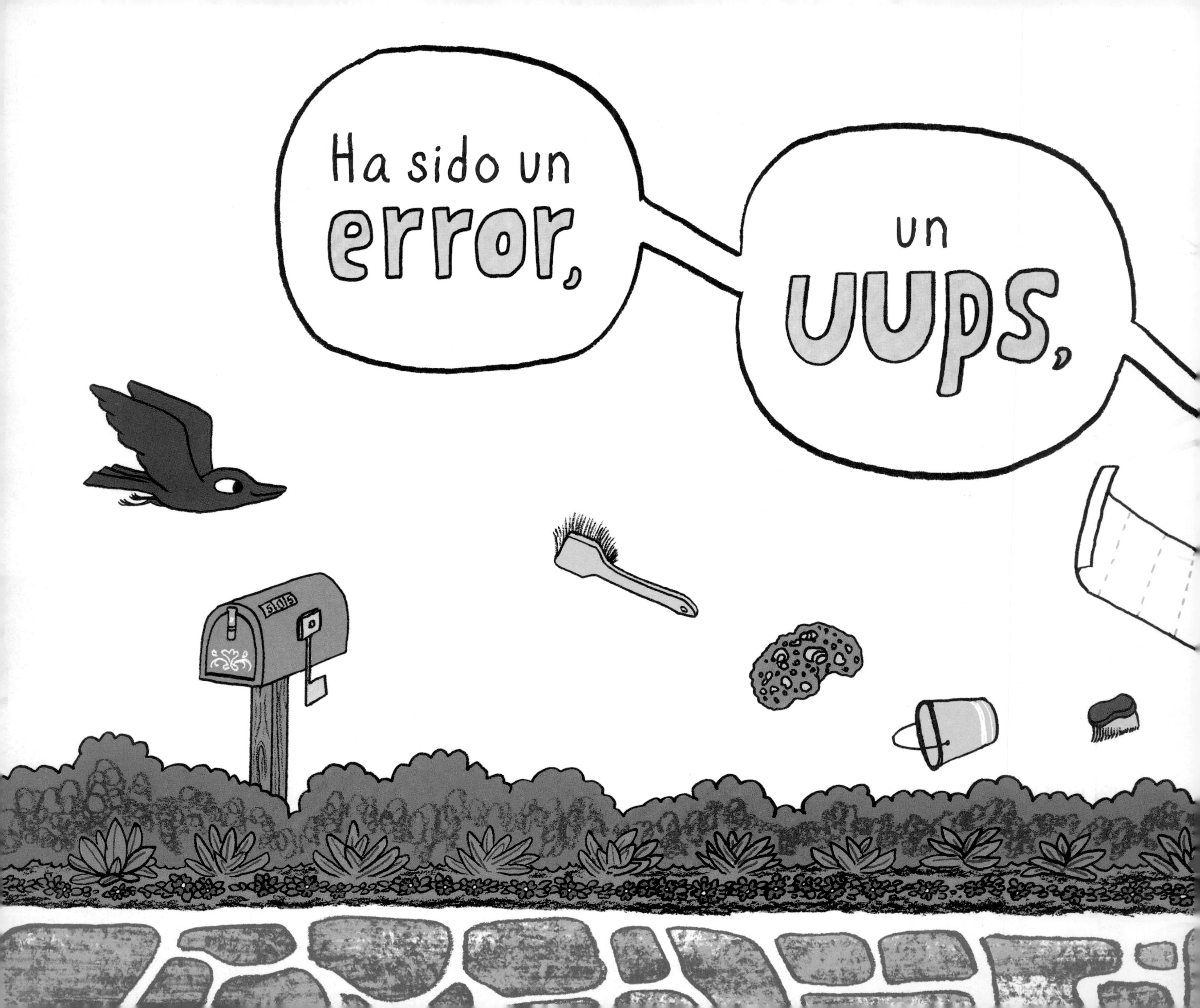
Ha sido un error,
un uups,

¡ACCIDENTE!

Título original: *Accident!*

© 2017 Andrea Tsurumi (texto e ilustraciones)

Esta edición se publicó según acuerdo
con Houghton Mifflin Harcourt Publishing Company

Traducción: Laura Lecuona

D.R. © Editorial Océano, S.L.
Milanesat 21-23, Edificio Océano
08017 Barcelona, España
www.oceano.com

D.R. © Editorial Océano de México, S.A. de C.V.
Homero 1500-402, col. Polanco
Miguel Hidalgo, 11560, Ciudad de México
www.oceano.mx
www.oceanotravesia.mx

Primera edición: 2019

ISBN: 978-607-527-923-7

Depósito legal: B 21496-2019

IMPRESO EN ESPAÑA / PRINTED IN SPAIN

9004812010919

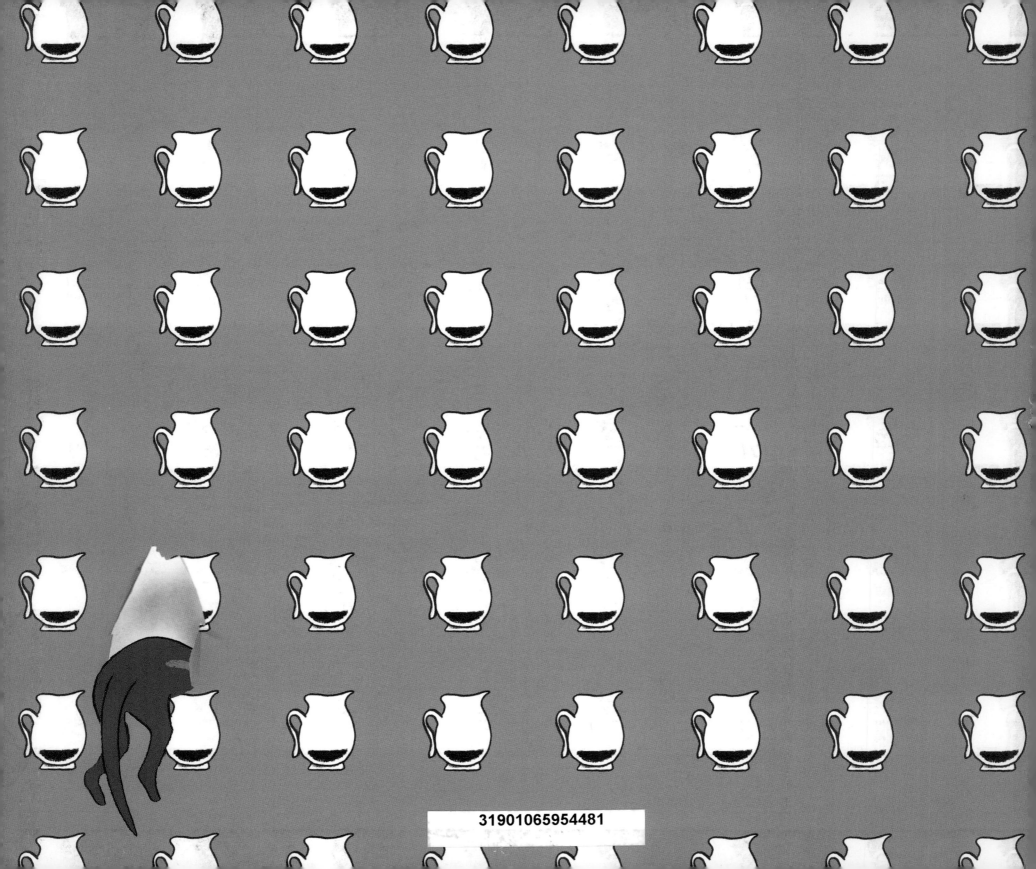